空の広さって……

～加山こずえ作品集～

加山こずえ

文芸社

目次

詩 ――空の広さって……

エッセイ ――つくづくと物思い

詩

――空の広さって……

「空の広さって……」

ぼくかなしくっておめめが
むらさきになったよ
たいようをやっつけようと
たびにでたんだ
ぼくさみしくってくちびるが
ぴんくいろにそまったよ
うみをからっぽにするって
ふねをこぎだしたんだ
いつのまにかぼくのからだは
ちいさくなりそらをとんでいた
ずっとにんげんだと

おもっていたのに……
ぼくはじゆうになったんだ
けれどどこをとんでいったら
いいのかわからなかった
おつきさまにむかって
とびつづけることしか
できなかった……

「規則」

ある日、眠れないおばあさんが
病院に行って、薬をもらってきました
けれど眠れなくって、目の下にクマを
作り、やつれた顔で、もう一度
病院に行きました
ちょっと疲れているみたいですね
少し休みましょうか……
おばあさんは入院しました
今度はよく薬が効いて、おばあさんは
ぐっすり眠れるようになりました
九時の消灯時間の前に、鼻ちょうちんを

ぶら下げて、眠りこけていました
ところが、消灯時間になると
看護師さんがやって来て
おばあさんを揺さぶって、無理やり
叩き起こして、薬を飲ませました
すっかり訳が分からなくなった
おばあさんは、そのうち、ベッドに
くくり付けられて、本当の病人に
なってしまいました

「普通の人」

ボクのお母さん
勉強しろ！　勉強しろ！　って言ったよ
勉強していい大学に入って
いい会社に就職して
偉い人になりなさいって……
でも偉い人が万引きしたり痴漢したり
不倫とかしてるよ
刑務所の中にもいっぱい入っているよ
ボク勉強しなくてよかった
ごはんもおいしいよ
目もよく見えるよ

どこまでも歩いていけるよ……
自分の名前しか書けないけれど
来月七十歳になるんだ

「あなたへ……」

あなたの声を聴くだけで……
あなたの苗字を指でなぞるだけで……
いつも胸がキュンとして切なくなって
年がいもないって言われそうだけど
こんな情熱が残っていたなんて
とっても不思議な気持ちになります……

もう私はあなたのおばあちゃんの
年齢になりました

どうしていますか？

お元気ですか？
今年の冬は寒そうだから
五本指の手袋に挑戦しています
出来上がったら
あなたの住む遠い遠い世界へ
送ります……

「私にだけは……」

あなたは鎧をかぶって
バリアを張って
もう疲れたって言ってたね
いつ眠るの？
いつ自由になるの？
いつホッとするの？
誰も寄せ付けないくせに
人を恋しがって……
ホラ！　少しだけ仮面を
外してごらん
きっと今までと違った景色が

見えるから……
温かなあなたの手に触れてみたい
どうか私にだけは心を開いて
下さい……
あなたのことが好きだから……

「かたつむりの涙」

あなたは抱えきれない悲しみに
押し潰されそうになっているの？
ゆっくりゆっくりとしか
進めないんだよね
これが精一杯なんだって……
どうしたら喜びを爆発させてくれるの？
あなたは怒りを押し殺して
みんなにいじられて……
やっぱり葉っぱの上で休んでいる
あなたが素敵
あなたに思いっきり癒やされている……

「生まれ変わり」

生まれ変わっても
一緒になりましょうね……

あいつ五人も男変えたよ
一体何回生まれ変わるつもりかね
俺って？

あんな尻軽女忘れられなくて
生まれ変われる方法
探して歩き回っているよ
思い出の中でしか
生きられないんだ……

「ニンゲンのココロ」

エイリアンとロボットが結婚して
ニンゲンが生まれました
ニンゲンはやりたい放題でした
あっという間に世界中に繁殖して
みんな同じ顔して同じ格好して
無気味でした
ニンゲンは金儲けのために
何でもやりました
もはや制御不能となった地球を見て
エイリアンとロボットは悲しみました
今ではニンゲンのココロって……という

講演会でエイリアンとロボットは
ニンゲンを相手に
毎日世界中を忙しく飛び回っています

「フィギュア」

君はケラケラ笑ってばかり
僕もつられて噴き出してしまうんだ
デパートのマネキンのカツラを外して
君はいつも喜んでいたね
大学生のくせに、子供のまんまだった

ある日、君は難しい顔をして
笑わなくなった
いつもの喫茶店で、好きな人ができたの
って……
僕の目を見ようとはしなかった

誰？

彼女は好きなタレントのフィギュアを
買い込んで、添い寝してるって言った
僕は言葉を失った
いっそ、生身の人間だったら
潔く、身を引くつもりだったのに……
こんな形で別れが来るなんて……

「個性」

なんで子供に、花を見て
きれいねって言うの？
それは子供自身が決めることでしょ！
先生はそう言いましたね
私には他に言葉が思いつかない
だって、花の色は鮮やかだから……
子供って、テレビ見ていると
面白かった、かわいかったって
皆、金太郎あめみたいなことを言ってる
先生、そのことを言いたかったの？
個性って、大事なものなの？

私、皆に合わせることばかり考えてた
何だか、都会暮らしで、心がすり減って
きたみたい……
最近、花の鮮やかさに疲れてきた
桜って、好きじゃなかったけれど
あの淡いピンクの花びらが、やさしくって
はかなくって、心に染みてくる
薄いベージュのTシャツを着て
今年は、お花見に行ってみようかな……

「イエス・マン」

ハイ、おっしゃる通りです……
ハイ、ごもっともです……
ハイ、承知しました……
ハイ、分かりました……
ハイ、そうですね……
ハイ、ハイ……
ハイ……
……
どうしたの?
イエス・マン君
君の姿、消えちまったよ……

「バランス」

かかしさん、そんな格好じゃ
肩が張りはしませんか……
カラスさんが心配して
かかしさんの上に留まるのをためらいました
いえ、いえ、カラスさん
あなたの鳴き声だって、とても、もの悲しくって……
わたしは、世の中の役に立っているらしいけれど
カラスさんは、嫌われているって聞きましたよ……
かかしさん、そんなことはありませんよ
世の中、いい人ばかりじゃ困るんです
悪い人もいなければ

嫌われ者も必要なんですよ……
そうやって、世の中は回っているんです
そうか……。あなたは自由に空を飛べるけれど
わたしは歩くこともできない
誰か、わたしに命を吹き込んでくれ！
かかしさんの悲痛な叫び声を聞いて
カラスさんは羽をバタつかせ
一目散にその場から飛び去っていきました

「フレンチキス」

ネェー　ママ
キリンさんのチュー
見てみたいナ
きっとすてきだヨ
首長くして待ってたって
ホントだネ
やさしい目をして
見つめ合ってる
かわいいリボンと帽子
ボクがかけてあげるからね……

「自己主張」

石ころと古新聞と
壊れたメガネ
おじいちゃんの宝物
きっと昔が8割で
今は2割の中で
生きているんだね
片付けろなんて言わないから……
ガラクタなんて言わないから……
だからもう少しだけ
今の世界を生きて下さい……

「化粧」

化粧の剥げかかったピエロを見て
少女はピエロが嬉し泣きしていると
思いました
化粧をしていない自分も
ピエロだといつも思っていました
ピエロはどこで化粧を
落とすのだろう……
いつ本当の自分になるんだろう……
少女はふと
化粧をしてみたくなりました……

「明るい我が家」

今日からここが終の棲家です
住み込みで働かせて下さい！
勢いよく若者がコンビニに
飛び込んで来ました
いいとも！
君には24時間働いて
24時間休んでもらおう
給料はないよ！　相殺だよ！
フィフティーフィフティーだからね！
エッ？
明る過ぎてよく眠れないんですけれど……

君の若さが必要なんだよ！
ハァー　スミマセン……
ボク真っ暗じゃなくちゃ
眠れないんです
失礼しました……
若者はトボトボと老人のように
うなだれて立ち去っていきました

「真実」

１００万回の愛してるより
一度でいいから
ギュッと抱きしめられたかった
毎朝シャンプーして
お気に入りのくつ下をはいて……
あなたはすまないねって言った
１万回のありがとうより
たった一度でいい
感謝してるって言われたかった
感謝してるは当たり前の言葉だから
余計聞きたかった……

元気でねってあなたは言った
一番聞きたくなかった言葉
差し出した手を握ることはできなかった
夢の中でも会いたいから……

「人間もどき」

左足から一歩ずつ……
いつものコンビニ
いつもの喫茶店
体を洗うのは右手から
お決まりのチューハイ
何だか君ぎこちないよ
まるでロボットみたいだね
そうですか?
あなたも十分
人間みたいに見えますよ……

「やすらぎ」

天国に行ける人って
限られた人だけだって
ホントかな……
みんな行けると思ってた……
神様が定員オーバーって
言ったのかな？
でも大丈夫！
最近は地獄の方が
大流行《おおはや》りだって！
天国では定員募集中って
大きな貼り紙がしてあるんだって！

地獄って楽しいのかな？
きゅうくつで昼寝もできないって
みんな嘆いていたよ
天国に行けるように
みんな猛勉強してるんだって！
狭き門なんだね
あの世も生き辛そうだ
もう少し
この世界で頑張ってみよう……

「始めの一歩」

あなたに会えて
救われたの……
あなたに会えて
幸せになれたの……

お前はとびきりの
笑顔を向けたっけ
今は精一杯
作り笑いしてるだけ
もういいんだ！
あいつの元へ行けよ！

俺だけが一番
お前を愛してた
なんて言わないから……
お前の一筋の涙に
俺も救われたから……

今度こそ
幸せのしっぽを掴んだら
離すんじゃないぞ！
俺も作り笑いから
始めてみるから……

「新築」

クンクン……
拓くんどうしたの？
だってママ　新しいおうちの
においするのかなって……
くさや　はなや　つちみたいに……
ママは本を開く時の
においが好きって……
何だか鉄の箱に
入れられたみたいだ
冷たくてにがい味がしたよ……

「家なき子」

お前が悪い……
あんたが悪い……
今日も両親は
言い争っています
なのに二人は別れようとは
しませんでした
あなたがいるからよ……
両親はもっともらしく
言いました
二人の本心を確かめたくて
私は

家を出て……
保護されて……
連れ戻されてしまいました
家には
誰もいませんでした……

「三者三様」

毎日いそがしく動き回っていた
Aさんは
死ぬことを忘れてしまいました……
毎日たいくつしていた
Bさんは
生きることを忘れてしまいました……
毎日ふつうに生きていた
Cさんは
自分から死ぬことを
覚えてしまいました……

「隣人愛」

この村はみんな正直者ばかりで
言い争いがありません……
村長さんの自慢でした
でもみんな知らんぷりで
自分のことだけで
精一杯でした
誰も他人を信じては
いませんでした
村の平和は
長く続きました
村長さんの葬式には

誰ひとりとして
猫一匹さえ
参列しませんでした……

「海に抱かれて」

スキ……って指先でなぞった
波がすぐかき消していった
キライ……って心の中でつぶやいた
いつまでも消えていかない
私は一体何をしたいのだろう
誰かを愛して……
誰かに愛されたくて……
今日あなたに会いに行きます
私だけが助かってしまって……
生きていることが恥ずかしくって……
裸足で波打ち際に立った時

あなたが「自分を生きて」……って
背中を押してくれたような気がして……
何度も何度も打ち寄せる波が
「私に生きて」……って
冷たい足元に涙がこぼれました
私は生きているんだ……

エッセイ　――つくづくと物思い

「ポイントカード」

折り畳み財布を開くと、カードの五枚や十枚入っているのは、ざらだと思います。

中には、二十枚以上のカードを所有している人も多いのではないでしょうか。

その中でも、ポイントカードは気軽に作れるため、どんどん増えていきます。

ポイント二倍、五倍、十倍……。

一〇〇ポイントプレゼント……。

どうして私たちは、ポイントＵＰに弱いのでしょうか……。

私が利用しているスーパーでは、月に五、〇〇〇円以上のお買い上げで、一〇〇ポイントプレゼントが月二回、一〇、〇〇〇円以上では、二〇〇ポイントが月二回もらえるハガキが届きます。

一〇〇ポイントと言っても、高々一〇〇円。

その一〇〇円欲しさに、私は往復、バスを使ってスーパーに乗り込んでいくのです。

まさに、茶番劇を演じているみたいです。

しかし、ポイントをせっせと貯めると、このプレゼント以外に、ポイントの数字と同じ現金がもらえます。

今までに何度も、現金一〇、〇〇〇円をGETしました。

もちろん、一〇、〇〇〇ポイントを貯めるには、大変な買い物をしなければなりません。

昨今は、バーゲンセールでも、一〇%、二〇%引きではなく、半額、七〇%引き、八〇%引きになるものもあります。

メガネや洋服など、そんな表示を見かけます。

そして、スーパーの見切り品のごとく、洋服などは、訳有り品、少々難あり、というえげつない表示がまかり通っています。

それを思うと、忍耐力は必要ですが、こつこつポイントを貯めることは、それほど悪いことではない、と思っています。

私は買い物大好き人間です。

五、〇〇〇円、一〇、〇〇〇円使っても、何とも思わないのに、一円、一〇円に強い拘《こだわ》りがあります。
一円玉が落ちていたら、必ず拾います。

こっちのスーパーが一〇円安かったのに、と思うと、すごく損をしたような気持ちになります。

こんな私には、ポイントカードはお宝です。

今、このスーパーのポイントが一〇、〇一九ポイントまで貯まりました。

頑張って、二〇、〇〇〇ポイントになるまで、我慢してみようか……。

かくして、私はバス代を使って、せっせとそのスーパー参りを、これからも続けていくのです。

「粗品」

私は、デパートやスーパーなどの粗品プレゼント大好き人間です。

今から三十年ほど前、とても恥ずかしいことをしてしまいました。

横浜の大手デパートから、ソーイングセットを頂けるハガキが届きました。

当時、私はソーイングセットを持っていなくて、喉から手が出るほど欲しくて堪らない、お宝のプレゼントでした。

期日を待ちきれずにいた私は、バーゲン初日、意気込んで出かけようとしましたが、ハガキが見当たりません。

いくら捜しても、見つかりませんでした。

そして私は、信じられない突飛な行動に出ました。

デパートの催事場に乗り込んで、

「ハガキを失くしましたが、ソーイングセット下さい！」

と、平然と言ってのけたのです。
一瞬、ポカンとした女性店員は、
「少々、お待ち下さい」
と、言い残し、その場を去りました。
しばらくして戻ってきた彼女は、
「申し訳ございませんが……」
と、丁寧な口調で、私を諭しました。
一個や二個、どーってことないのに……。
そういう問題ではありません。
店員の取った行動は至極当たり前なのです。
私は落ち込んだし、自分がしたことが恥ずかしくて堪りませんでした。
きっと、店員が断ったのは、私自身に問題があったからなのです。
当時、私は離婚して、実家に戻り、働きもしないプータロー生活。
三十代でも、試食コーナーを漁る図太い、えげつないオバサンのように見えたのでしょう。
風貌や身なり、態度、言葉使い……。
人は見ていないようで、見ているといいます。
確かに、私は落ちこぼれていました。
精神的にも、おかしかったのでしょう。
もちろん、後にも先にも、あんなことをしたことはありませんが……。
一番、自分のことが自分で分かっていなかったのでしょう……。

時は流れ……。
そういえば、横浜駅辺りを歩いていても、今ではオバサンには、ティッシュを差し出してくれる若者もいなくなりました……。

「男女の区別」

女子トイレでよく私は、男性に間違われます。
アレ？　という顔で立ち去ってしまう人。
あからさまに、男子トイレかしら、と言う人。
確かに私は、ショートヘアーとパンツ姿。
顔立ちも濃いのです。
スカートを穿いたことは、二〇〜三〇年ありません。
最初は気にしてはいませんでした。
しかし、皆、顔を見ての判断にしか過ぎない、と気付きました。
私の胸が、少しでも膨らんで見えれば、女性と気付くはずです。
豊満ではないけれど、ペッタンコでもない胸。
最近はそのことの方に、ショックを受けます。

確かにホルモンの関係で、女性もオバサンになると、男性化してしまう、といいます。

男だか女だか、外見からは区別のつかない人はたくさんいます。

おまけに声自体も、女性か男性か分からない人がいるから、厄介です。

逆に、小さな子供は可愛すぎて、男女の区別のつかないことがあり、オバサンにとっては、羨ましい限りです。

化粧しないのが、いけないのだろうか……。

表情が乏しいのだろうか……。

険しいのだろうか……。

恋をすればいいのだろうか……。

いや、恋はしているゾ！

赤い口紅と、フレアスカートと、ロングヘアーに挑戦してみようか……。

それでも間違われたら……。

せめて、心だけでも素直に、人に優しくできる人間になろう……。

若者のように凜々しく、
青年のように逞しく……。

「Ｆａｃｅ」

生前、母は言いました。

「われが五分でやることを、お前は三十分かかる」

「自分の頭の上のハエも追えないくせに……」

「お前は返事だけ……」

と。

確かに、私はどんくさい人間でした。

三十代の頃、横浜中華街で働いた時、シュウマイの箱の包装で、ベテランのオバチャンから、

「まるで折り紙を折っているみたいだ……」

と、尊敬（？）されました。

別のオバチャンは、

「これで給料同じなんだからネ……」

と、メガネの奥から鋭い眼光で、私を威嚇しました。

従業員の皆さんの直訴により、私はその店をクビになりました。


昨年、写真に収まる機会があり、己の姿に愕然としました。

今、銭湯通いをしているのですが、鏡に映った姿は、まるで人間とは思えない、怪獣のようです。

私たちは、人のことはよく分かります。

しかし、自分のことは案外、分からないままなのです。

この世に別れを告げる時、最後に何を食べたいかなんて、どうでもいいのです。

私の心残りは、本当の自分の顔が分からず死んでいくことです。

写真や鏡の中でしか、自分の顔は確認できないのです。

本当の自分の顔に出会って、

「どうも、初めまして……」

と、微笑んでみたい。

どんな表情をしているのかな……。

これからも、よろしくって……。

ちょっぴり、照れちゃうね……。

「瓜二つ」

人類はどこから来たのでしょう……。

日本人のルーツは何なのでしょうか……。

私の父は七十二歳まで働き、仕事を辞める時、

「ずっとハーフだと思っていました……」

と、寄せ書きに、二十代の若者からメッセージが添えられていました。

私も小学校、三〜四年生の時、他の学校から見学にやってきた女の先生から、

「あなた、ハーフ?」

と、言われたことがあります。

何も、ハンサムな父から生まれた、可愛い女の子、と自慢したいわけではありません。

父は鼻が高く、眉毛が濃く、目がパッチリしていて、性格を含め、父のＤＮＡを見

事なまでに受け継いだ私は、まるで父のコピーのようでした。

そういえば、祖母（父の母）を、私は以前からロシア人みたいな顔をしている、と思っていました。

祖母は認知症で亡くなり、それほど親しかったわけではないので、真偽のほどは分かりませんが……。

二十代か三十代の頃、地下鉄の車内で、

「○○さん！」

と、声を掛けられたことがあります。

「いえ、違います」

と、答えましたが、その人は逆に驚かれて、本当にそっくりだ、と怪訝な表情を浮かべていました。

芸能人の誰かに似ている、と言われたことはありますが、私にそっくりな人が本当にいるなんて、信じられない思いでした。

同年代の人でしたら、もう六十代を迎えられているのでしょう……。
私のそっくりさん、きっと顔も性格も、美しい人に違いありません……。
元気で頑張っていることでしょう……。
勝手にエールを送って、勝手に微笑んでいる私です。

郵 便 は が き

料金受取人払郵便

新宿局承認

1409

差出有効期間
2021年6月
30日まで
（切手不要）

1 6 0-8 7 9 1

1 4 1

東京都新宿区新宿1－10－1

(株)文芸社

愛読者カード係 行

お名前《ふりがな》		明治 大正 昭和 平成 年生
ご住所《ふりがな》	□□□-□□□□	性別 男・
お電話 番 号	（書籍ご注文の際に必要です）	ご職業
E-mail		
ご購読雑誌（複数可）		ご購読新聞

最近読んでおもしろかった本や今後、とりあげてほしいテーマをお教えください。

ご自分の研究成果や経験、お考え等を出版してみたいというお気持ちはありますか。

ある　　ない　　内容・テーマ（

現在完成した作品をお持ちですか。

ある　　ない　　ジャンル・原稿量（

名			
	都道府県　　　　市区郡	書店名	書店
		ご購入日	年　　月　　日

をどこでお知りになりましたか?

書店店頭　2.知人にすすめられて　3.インターネット(サイト名　　　　)

DMハガキ　5.広告、記事を見て(新聞、雑誌名　　　　)

質問に関連して、ご購入の決め手となったのは?

タイトル　2.著者　3.内容　4.カバーデザイン　5.帯

の他ご自由にお書きください。

(　　　　)

についてのご意見、ご感想をお聞かせください。

容について

バー、タイトル、帯について

弊社Webサイトからもご意見、ご感想をお寄せいただけます。

力ありがとうございました。

寄せいただいたご意見、ご感想は新聞広告等で匿名にて使わせていただくことがあります。

客様の個人情報は、小社からの連絡のみに使用します。社外に提供することは一切ありません。

籍のご注文は、お近くの書店または、ブックサービス(0120-29-9625)、ブンネットショッピング(http://7net.omni7.jp/)にお申し込み下さい。

「本当の自分」

昔の男の人は、確かに足が短かった。

ずんぐり、むっくりな体型。

でも、どっしりとして、まさに腰が据わっている感じ。

太ももは逞しく、厳《いか》つい顔をしていた。

ごはんの真ん中に、梅干し一つ。

日の丸弁当を食べ、家族のため、国のため、頑張ってくれました。

今では、男性も中性的な顔立ちになり、アイドルを見ても、男女問わず、皆、同じに見えてしまいます。

もちろん、若い人たちに個性がない、と言っているわけではありません。

テレビに出ている人たちは、それなりに苦労があって、化粧して、見栄えがする格好もしなくてはいけない。

作り笑いもしなくてはいけない。

皆、同じに見える、というのは、彼らが、「素」の自分を見せていないからなのか、とも思いました。

いや、見せられないのかもしれない……。

お人形みたいに可愛いけれど、何か作り物のような気がして……。

アイドル、イコール、偶像なのか。

ファンにそれでいいんだって言われると、何も言い返せないけれど……。

遺影写真もそう。

高齢者のオバサンたちが、綺麗に化粧して、写真に収まっているけれど、何か違和感を覚えてしまいます。

もちろん、最後は綺麗な写真でって思う女心は分かります。

一年、生き長らえて、毎年撮り直して……。

孫は、バッチリ化粧したオバアチャンより、白髪交じりで、普通の格好して、ちょっぴり肩が下がっていようが……。

そんなオバアチャンを懐かしんで、遺影に向かって、手を合わせてくれる、と思うのですが……。

ただ、遺影ビジネスを否定するつもりはありません。

人生の節目、節目、記念写真の持つ役割は重要です。

化粧一つしない私の方が、よっぽど女を捨ててしまったのかもしれません……。

「元気」

いつまでも元気でいること。

誰もが願うことではないでしょうか。

公園を所狭しと、動き回っている幼い子供たち。

たわいない会話で盛り上がる中・高校生。

溌剌《はつらつ》とした笑顔で、キビキビ動くファミレスのお姉さん。

私たちは元気な人を見ると、その人からパワーをもらい、自分もまた、頑張ろう、という気になります。

しかし、時に元気過ぎる人と接すると、戸惑い、疲れ、その人を避けたい気持ちになることもあるのです。

もちろん、体調が悪かったり、失恋したり、何かで落ち込み、悩んでいたりする時……。

元気過ぎる人がなぜか、異人種のような、過剰な演技をしている役者のような、違和感を覚えるからではないでしょうか。

決して、無理する必要などないのです。

落ち込んだり、悩んだりすることも必要だし、時が経てば、自己治癒力ではありませんが、人間、立ち直るチャンスは何度もやってくる、と信じています。

ずっと、躁状態が続いてしまうのは、逆に辛いのではないでしょうか。

本当に元気な人、というのは、自分を持っている人。

自分を信じてあげることのできる人ではないでしょうか……。

他人に惑わされず、マイペースで生きられる人。

年齢ではなく、声の大きさではなく、自分も他人も認めることのできる人。

こういう人には自然と、健康的な心身のバランスが保たれ、人にも好かれ、皆に元気を与えることができる、と思っています。

私も元気でいたい。

空元気ではなく、人にパワーを与えることのできる人間でありたい。

そう願っています。

「絆」

以前、流行《はや》った歌で、ゴスペラーズの『ひとり』がありました。
その歌詞に、なるほどって、思わず頷いてしまいました。
「恋のよろこびは、愛のきびしさへのかけはしにすぎないと……」
こんな歌もありました（チューリップ『青春の影』）。
確かに、夫婦は会話しない。
外で食事して、ペラペラしゃべっているのは、ただのカップルか不倫の関係。
本物の夫婦は、黙々と食べるだけ……。
これって、諦めの境地？
深い絆？
夫婦に歴史あり。
長年、連れ添った夫婦って、確かに落ち着きがある。風格がある。

愛してるなんて、軽々しく言えない？

恥ずかしい？

でも、私は言ってほしい。

私は、喧嘩して不機嫌になると、彼に、

「私が機嫌の良くなる言葉を言え！」

と、強要します。

「可愛い、好き、好き、愛してる。お前が俺には最後の女……」

と。

彼は、恥ずかしがって、口をパクパクするばかりで、言ってくれません。

晴れて、「めおと」になったら、彼から、

「黙っていてくれよ。頭がおかしくなる……」

なんて、悲痛な叫び声を聞くこともなくなるかナ……。

でも、一度でいいから、

「ア・イ・シ・テ・ル」

って、耳元で囁かれてみたい……。

「ホロ苦いトースト」

大学生の時、今はもうなくなった渋谷パンテオン、という映画館で、掃除のバイトをしました。

七十歳前後のオバサン二人と、筑波大学のお兄さんと、四人でチームを組んでいました。

私はお兄さんと、じゅうたん掛けを担当していました。

なぜ、この仕事を選んだのか……。

私は、箱入り娘でもお嬢さんでもありませんが、中、高校を女子校で過ごし、何か社会勉強をしてみたかったのです。

オバサン二人は、おすぎとピーコみたいに、息の合った毒舌トークで、私に世の中のことをいろいろと教えてくれました。

筑波のお兄さんは、インテリでした。

本当に楽しかった……。

内緒で、当時話題となった『砂の器』を、観せてもらいました。

映画も面白くて、感激したことを覚えています。

ただ、大学の通り道だったので、クラスの誰かに会ったらどうしよう……と、思ったことがありました。

なぜ、そう思ったのかは、分かりませんが……。

掃除のお姉さんのどこが悪いんだ……。

今ではふんぞり返って、とても立ち仕事はできませんが……。


ある時、筑波のお兄さんが、トーストとコーヒーをごちそうしてくれました。

私はその時、自分がだらしなかったのか、仕事のせいか、爪の中に黒い垢が溜まっているのに、気が付きました。

恥ずかしくって、お兄さんに気付かれないように、必死に指を隠しながら、不自然にトーストをかじっていました。

その時のトーストの味は、バターの甘さではなく、ホロ苦く、切ない味でした。

今では、オバサンたちも天国に召されました。

筑波のお兄さんは、どうしているのでしょう……。

名前も顔も、忘れてしまったけれど、トーストとコーヒーって、決して贅沢じゃないけれど、お兄さんの精一杯の気持ちが籠もっていて、どんなごちそうより嬉しかった。

ありがとう、お兄さん……。

一緒に働いた同士として、お互い、いつまでも元気で頑張ろうね……。

「ニンニク」


学生時代、お付き合いしていた彼は、ラーメンにすりおろしニンニクを、山盛り入れることが好きだった。

私も、匂いなんて気にしない、とばかり、彼と同じ行動を取っていた。

もちろん、焼きギョーザも外せない。


あれから、随分と時は過ぎ、私は、未だ独り身。

いや、パートナーはいたっけ……。

少々、夏バテ気味だ。

そうだ！　こんな時は、ニンニクに限る。

共に歩んで来た、歴史のある「相棒」だ。

冷蔵庫の上で、「どうだ！」と言わんばかりに、ネットの中から、はちきれそうな存在感を放っている。

昨日買い求めた、「青森産」だ。

私は、少々値が張っても、ニンニクとウナギだけは、「国産」に拘《こだわ》っている。

「さて、定番の豚キムチといくか……」

生憎《あいにく》、冷蔵庫の中は、カラッポだった。


重い腰を上げ、近所のスーパーに走る。

帰ってきて、また、一休み。

こいつを一度に食べたら、強烈な匂いがするに違いない。

でも、気にしないでいよう。

少々、おなかが空いてきたが、ものすごい個性派揃いたちを、やっつける気力がない。

そうだ！

もう少し、寝っ転がって、心強い、「相棒」を眺めていよう……。

「営業」

人間、六十年以上も生きていると、さまざまな仕事（特にアルバイト）を経験してきました。

特に印象に残っているのは、四十年ほど前の、子供用英語教材の販売の仕事です。

今は禁止となっていますが、その当時、給料は完全歩合制で、一ヵ月契約が一件も取れなければ給料はゼロ。

おまけに交通費も一切、支給されませんでした。

まさにサバイバルな世界。

当時、私は新婚で、気楽な立場でしたので、辛いと思ったことはありませんでしたが、家庭を持った男性も多く、皆、必死でした。

教材は、十万～五十万円ほどと数種類あり、一番高い教材の契約を取れば、十万円近い報酬がもらえました。

私は、給料ゼロ、という月はありませんでしたが、トップクラスの成績を残すことはできませんでした。

ただ、所長がいつも朝礼で、私の笑顔が、とても素敵だ、と褒めてくれたことが、なぜか気恥ずかしかったことを覚えています。

グループ長が車で現地に連れて行ってくれて、地図を片手に、一軒一軒回って行きます。

芸能人、プロレスラー、政治家……。

さまざまなジャンルの人たちのお宅も、訪問しました。

雨が降って傘もなくトボトボ歩いていたら、

「駅まで送って行くよ！」

と、回送バスの運転手が私を乗せてくれて、私は貸し切りバス状態で、駅までの一人旅を楽しみました。

契約してもらえなかったのに、訪問先でお昼ごはんをごちそうになったり……。

（後で上司に、お昼をごちそうになったってことは、ＯＫってことだよ。なんで契約

書にサインしてもらわなかったの……と、あきれ顔で言われました）
若かったから、チャレンジできたんだ……。
青春していた頃の良き思い出です。

「思い込み」

「下町」という言葉の響きは、何故かミシン工場を連想させます（私は、ミシンを踏んだ記憶がありませんが……）。

古くは、倍賞千恵子の『下町の太陽』という歌が流行《はや》りました。

最近では、池井戸潤の『下町ロケット』が有名です。


まだ若かりし頃、私は浅草に行きました。

「センソウジ」という有名な寺があるらしい……。

雷門、仲見世通り……。人形焼きも売っているらしい……。

私は意気揚々と、浅草に乗り込みました。

ここが、「アサクサデラ」か……。

はて？「センソウジ」はどこだ？

どこまで歩いても、私には、「浅草寺」は、「アサクサデラ」でした。

（本当に私は、横浜生まれの横浜育ちなのでしょうか……）

私は、スゴスゴと退散しました。


今となっては、「アサクサデラ」ではなく、「センソウジ」って、どこですか？　って、誰かに聞かなくてよかった……。

いや、もしかしたら、ここが「センソウジ」ですよ、って言われた記憶も微かにある。

でも、その時は、初めて日本にやってきた外国人の振りをして、「サンキュー！」って、微笑んだらよかったのかナ……。

「新人類」

今年、私は高齢者の仲間入りをします。

一九五四年（昭和二十九年）九月六日生まれの私は、古い世代の最後の人間であり、昭和三十年以降に生まれた人は、全て新人類（今時、死語となった言葉ですが……）なのです。

終戦は昭和二十年ですが、昭和二十九年は戦争を知っている最後の世代、というイメージがあるのです。

もちろん、戦争自体、知らないのですが、父がまさに戦地に赴いた戦争体験者です。もう随分前に、父は亡くなりましたが、生きていれば、一〇〇歳近い年齢になります。

大正、昭和、平成を生き抜いた父と母。

子供の私も、昭和、平成、令和の時代へと、命を長らえているのです。

数字に拘《こだわ》る必要はないのかもじれません。

確かに、高齢者イコール老人ではない。

食欲もある、カラオケも楽しんでいる、気も若い……。

しかし、やはり昭和二十九年生まれには、古臭さが付きまといます。

縄文時代と現代ぐらいの差を感じます。

ただ、古い人間として、新人類の人たちに、いろいろなことを教えていかなければ、という使命感、責任感みたいなものも湧いてきました。

いつの時代も、今時の若い人は……と、ギャップを感じることが多々あるのです。

すべて順番です。

平成生まれの人には、決して自分を古い人間と思ってほしくない。

安心して下さい。

一九五五年（昭和三十年）以降に生まれた人は、すべて新しい人間なのですから
……。

「優先席」

高齢者の仲間入りをするからではなく、だいぶ前から私は、電車やバスで、優先席に座ることが多くなりました。

太っていて、膝が痛い、という大義名分はあるのですが……。

その昔、電車の中で優先席が空いていても、若者は座らず、立ったままでした。

今は、優先席に中・高校生や、二十代、三十代の若い世代の人も、平気で座っています。

もちろん、現代人は年齢に関係なく、皆、疲れています。

優先席だろうが、空いていれば座る。

合理的で、今時の風潮です。

それを、いい、悪いで判断することはできません。

私は以前より、お年寄りに席を譲ることが苦手でした。
気持ちはあっても、体が反応しませんでした。
最近になってようやく、スゥーッと立つことができるようになりました。
逆に、今まで、四~五回ほど、席を譲られたことがあります。
ショックとか、有り難いとか、そういう感情は湧いてきませんでした。

生涯、現役……。
死ぬまで自分の歯で……。
死ぬまで自分の足で……。
何か脅迫めいていて、悲愴感が漂います。
いつまでも○○でいたい……。
この方がよほど、ほっとして、優しさや思いやりを感じます。
そう!
自分を労《いたわ》って、自分に寄り添って生きていきたい。

かけがえのないたった一つの命だから……。

童話　――やさしい気持ち

「二人のこーちゃん」

ある田舎の山奥に、こーちゃんという狼さんが住んでいました。

こーちゃんはとても長生きで百歳になり、毎日小さな家で畑を耕し、庭に草花を植え、ささやかな暮らしをしていました。

心の優しいこーちゃんはお月様を眺めては、

「お月様、いつも道に迷わないように、明るく足元を照らしてくれてありがとうございます」

と、お月様に感謝していました。

時々、庭に咲いている花を眺めては、

「チューリップ、人の心を開く花」なんて俳句を作ったり、写真を撮って部屋に飾ったり、歌を歌ったりして淋しさを紛らわせていました。

「あー、おいらの所にかわいいお嫁さんが来ないかな……」

そんなある日、足を怪我して動けなくなったうさぎさんが、こーちゃんの家の庭でうずくまっているのを見つけました。

ちょっぴり太めでしたが、とても優しそうな目をして、真っ白な毛におおわれた若いうさぎさんでした。

こーちゃんはうさぎさんに一目惚れをしてしまいました。

「どうしたんだい？　おいら、こーちゃんっていうんだ」

こーちゃんはうさぎさんに近寄りました。

うさぎさんはびっくりしたけれど、足が痛くて逃げることもできずに、恐る恐るこーちゃんの顔を見上げました。

こーちゃんは自分の舌で、うさぎさんの足の血を舐めてきれいにして、家の中に入れてあげました。

するとこーちゃんと同じように心の優しいうさぎさんは、こーちゃんが悪い狼さんとは思えずに、石ころにつまずいて怪我をして、こーちゃんの家の庭に迷いこんでしまった、と話してくれました。

偶然にも、うさぎさんもこーこという名前で、みんなからこーちゃんと呼ばれていることが分かりました。

「お月様、百年間も一人ぼっちだったけれど、こんなかわいいうさぎさんと巡り会って、なんて幸せなんだろう。ありがとうございます」

と、狼さんのこーちゃんが言えば、うさぎさんのこーちゃんも、

「お月様、ちょっぴり太めで誰にも相手にされなかった私が、こんな素敵な狼さんに出会えたなんて、とても嬉しいです」

と、お月様を眺めては瞳を潤ませました。

同じこーちゃんという名前の狼さんとうさぎさんは、すぐに仲良くなりました。

その日から一緒に暮らし始めました。

他に身寄りのない二人は、ささやかだけれど幸せな毎日を過ごしました。

そんなある日、狼さんのこーちゃんはうさぎさんのこーちゃんに言いました。

「おいらがいなくなっても泣かないでね。こーちゃんのことをずっと見守っているからね」

するとうさぎさんのこーちゃんも、

「私は少しも淋しくはないのよ。こーちゃんといっぱい思い出を作れたし、こーちゃんは私の心の中で生き続けるから」

と、答えました。

二人はそれから本当に長い間、仲良く一緒に暮らしました。


やがて狼さんのこーちゃんは天国へと旅立っていきました。

その言葉通り、うさぎさんのこーちゃんは狼さんのこーちゃんの思い出を胸に、強く生き続けましたが、やがて狼さんのこーちゃんの元へと旅立ちました。

二人の家の庭には、毎年きれいな花が咲きます。

夜になるとどこからともなく、虫さんたちがやって来ては、月あかりの下で演奏会を開くようになりました。

その様子を、天国から二人のこーちゃんは嬉しそうに眺めています。

二人は天国でもずっと仲良く暮らしていました。

そして、そんな二人を祝福するかのように、虫さんたちの演奏会も、毎晩絶えることはありませんでした。

「ボク、跳べたよ……」

かがやき村のカエルのピョン太さんは、いつも身構えて、緊張して、うまく跳ぶことができませんでした。

困ったナ……。

ピョン太さんは転がって、前に進もうとしても、体が濡れていて、地面にへばりついてしまい、お尻の皮がむけてしまいました。

見兼ねたキツツキのツネオさんが、ボクが背中をつついてあげるよ、と言いました。

やだよ、痛いよ……。

おなかが爆発しちゃうよ……。

ツネオさんは不機嫌そうな顔をして、

「カエルのくせに……」

って言って、どこかに飛んでいってしまいました。

そうだ！　来月、隣村に体操教室がオープンする。

ピョン太さんは、仲の良い虫さんたちに、葉っぱと木の枝を集めて、かごをこさえてもらい、体操教室に連れて行ってもらいました。

そこでピョン太さんは、棒の先にくくり付けられたアンパン目掛けて、ジャンプの練習をしました。

食いしん坊のピョン太さんは、アンパンが大好物。

必死になって、ピョン！　ピョン！　って、力の限り、高く跳びました。

見事、アンパンをＧＥＴしたピョン太さん。

けれど、上に跳ぶばかりで、前に進むことはできません。


虫さんたちは、ヘビの文吉さんに頼んで、尻尾の先にアンパンを縛って、ヒョイヒョイと前に進んでもらいました。

こんな地面にへばりついたアンパンなんか、食えるか……。

ピョン太さんは、ソッポを向きました。

困ったナ……。


虫さんたちは、小さな手押し車の上に、アンパンをちょこっと乗せ、ヒヨコのピーちゃんに引っ張ってもらうことにしました。

すると、ピョン太さんは目の色を変え、力強い足取りで、ピョン！　ピョン！　と、大地を蹴って、ピーちゃんの後を追いました。

いつしか、ピョン太さんは、ピーちゃんをお嫁さんとして迎えました。

アンパンもお嫁さんも、跳ぶことも、全部手に入れたピョン太さんは、ご機嫌でした。

自慢の足で、ピーちゃんのため、毎日、小魚をヒョイヒョイ捕まえたり、木の実や果実を取ってきたりして、ピーちゃんにおなかいっぱい食べてもらいました。

二人は、おじいちゃんとおばあちゃんになっても、ずっと、ずっと仲良く暮らしました。

「ありがとう……」


母子家庭のクマさん一家が、ひっそりと小さな山小屋で暮らしていました。

お父さんクマのキヨシさんは、魚を捕まえようとして、足をすべらせて、滝つぼに落ちてしまい、どこかへ流されてしまいました。

お母さんクマのミヤコさんは、胸の病気で体が弱っていくばかりでした。

子供クマのミノルとハルカは、おなかが空いてひもじくて仕方ありませんでしたが、自分たちのことより、お母さんのことが心配でたまりませんでした。

偶然、身を寄せ合って震えているクマさんたちを見かけたもーちゃん、という少年は、何とかしてクマさんたちを助けてあげたい、と思いました。

一生懸命、ザルで小魚をすくって、寸胴なべに入れて、甘辛く煮てあげました。

ミノルくん、これをお母さんに食べさせてあげてね。お母さんの病気が、早く良くなるといいね……。

ミノルもハルカもお母さんも大喜びで、涙を流しながら、小魚にかぶりついていました。

それから二ヵ月後、お母さんクマのミヤコさんは亡くなってしまいました。

妹のハルカも後を追うように、ミヤコさんと同じ病気で亡くなってしまいました。

一人ぼっちになったミノルを、もーちゃんは一生懸命励まし、いつも魚やら、野菜やら、ミノルに食べさせてあげました。

大人になり、ミノルは動物たちの中でもエリートしかなれない、寿司職人となりました。

毎月一回、もーちゃんをお店に招待して、おなかいっぱい、お寿司をごちそうしてあげました。

暮れになると、新鮮な魚をたくさん、もーちゃんに送りました。

小学生のもーちゃんが、あんなに親切にしてくれたんだ。

人間も、なかなか捨てたもんじゃない……。

ミノルは一度でいいから、お父さんやお母さんやハルカにも、自分の握った寿司を食べてもらいたかった……と、時々、涙を流しました。

もーちゃんも、今じゃ立派な建設会社の社長さん。

今度、もーちゃんの家で寿司パーティーをすることになりました。

ミノルはもーちゃんのために、精一杯おいしい寿司を握ろう、と張り切っていました。

ミノルはもう一度、あの時のもーちゃんが作ってくれた甘辛く煮た小魚を、食べてみたい、と思いました。

もーちゃんも、いつまでも受けた恩を忘れないミノルに、人間も見習わなくてはいけない、と心からそう思いました……。

「幹太の白い運動ぐつ」

おいら、幹太。この春、五年生になったんだ。お兄さんだぞ！

こんなおいらに、二年生の時、悲しい出来事があったんだ。

その日、母ちゃんが買ってくれた真っ白な運動ぐつを初めてはいて学校に行った。

草が生えている地面を通った時、「ヌル！」「アレ！」そのしゅんかん、ちょっぴり黄色いものがくつに飛び散ったんだ。

なんてことだ！　おいら、思いっきりウンチを踏んでしまった。

一生懸命、草でウンチを払って、何気ない顔して学校へ行ったけれど……。

その晩、母ちゃんは笑いながら、「お前らしいネ！」って言った。

次の朝、起きたら玄関に、真っ白な運動ぐつが、きちんとそろえてあった。

母ちゃん、ありがとう……。もう二度と、ドジはしない、そう心に決めたんだ。

小説　――美咲、十六歳

「永遠の命」

ボクには翼がない。

鳥のくせに……。

広いケージで飼われている。おまけに、頑丈な鍵まで付いている。まさに、籠の鳥だ。

どこにも逃げ出せやしないのに……。

豪華なワンルームマンションと言いたいけれど、殺風景でぬくもりのない、まるでモデルルームか、刑務所の独房のようだ。

ご主人様は、何かと話題の認知症とやらで、一日中、リビングのソファーで、うつらうつら、まどろんでいる。

時々、薄目を開け、ボクを見つめるんだ。

もしかして、ボクの翼をひきちぎったのは、ご主人様なのか……。

ボクの世話は、ヘルパーさんとご主人様の孫娘がしてくれる。
ボクは特別待遇で、メロンとりんごとスイカが大好物なんだ。

こんなボクも、かつては、人間だった時があったみたいだ。
なぜって？
ボクには微かな記憶がある。
ボクは恋をしたんだ。切ない、叶うはずのない恋。
相手は少女だった。
ボクが十五歳の春。生きることに踠《もが》いていた。
手を繋いだ時の、温かなぬくもり。とろけそうな甘い香り。メロンなんかじゃないぞ！
もっと繊細な匂いがしたんだ。
ボクは、決して鳥なんかじゃない。
そっと触れた柔らかなくちびる。

ドキドキした、ファーストキス。

身分が違い過ぎるって。それって、何？　親の出る幕か。お金があるから幸せなのか？

少女はボクから離れていったんだ。どこか、見知らぬ国へ行ってしまった。

ただただ、胸がキュンとして、押し潰されそうで、苦しかった。

どこかの画家が描いた、「少女」って、彼女のことかもしれない。

ちっとも幸せそうには見えなかった。

大体、人間の世界なんて、しがらみばかりだ。

母さんはボクに言ったよ。人間って、他人《ひと》が良くなると、癪《しゃく》に障るんだよ。他人《ひと》が困っていると、笑っているんだよ、って。

まぁー、他人《たにん》の不幸は蜜の味って言うらしいけれど……。

ボクは、「かわいそう」って言葉、好きじゃないんだ。

だって、何もしてあげられないから……。

皆、自分の方が上だと思っているから、平気で、「かわいそう」って言うんだ。

本当にかわいそうなのは、このボクだ。


今はもう、どうすることもできない。ひたすら、ご主人様ウォッチングの日々だ。

だけど、最近は違うんだ。やたらと人の出入りが激しくなってきた。

奥様は亡くなってしまったけれど、息子夫婦や孫、バツイチの娘、親類縁者、いっぱいいる。

もしかして、遺産相続で揉めているのかな？

おっと、失礼！　ご主人様は、まだ息をしていたっけ。

お金がこの世の中で一番強いって、ボクの友達が言ってたよ。

本当にそうだろうか？

お金で買えないものだって、きっとあるはずだ。

何だか、皆、金の亡者っていうか、追い剥ぎみたいだ。

たんすの引き出しを開けてみたり、ヒソヒソ話し込んだり……。

ご主人様の顔でも撫でて、「調子どう?」の一言ぐらい、優しく声を掛けてあげればいいのにね……。

ご主人様は昔、商社マンで、世界中を飛び回って、仕事をしていたらしい。

ご主人様の親が資産家とやらで、仕事なんかしなくたって、遊んでいられる身分だったんだって。

いわゆるダンディーってやつで、今でもなかなか魅力的な紳士だ。

奥様は綺麗だったけれど、どこか冷たい感じがした。ボクを可愛がってはくれなかった。

何だか、大変な病気で亡くなってしまった。

ご主人様は、幸せだったのか?

ご主人様には今更、お金なんて関係ないのにね……。

ボクも、もう一度人間に戻りたいかって?

ボクには分からない。

犬や猫にも聞いてみたんだ。可愛い洋服を着せられて、高級な食事を食べさせてくれて、エアコン付きの部屋で暮らして……。

おとなしくしていればいいんだって！

人間なんてバカだって、心の中で笑っていればいいんだって！

でも、彼らだって大変だ。認知症もあれば、病気だってする。

ボクら鳥だって、認知症があるのだろうか？

飛んでいく方向が分からなくて、ウロウロしたりしてね……。

でも、今のボクには関係ないけれど……。

ご主人様は、遺言状とやら、書いてあるんだろうか？

ご主人様みたいに、判断能力が衰えた人には、「成年後見制度」っていうのがあるらしいんだ。

人間の世界って、つくづく厄介だな……。

いっそ、遺言状に、「全財産をボクに譲る」なんて、書いてあったりしてね……。

まぁー、ボクは辞退するけどね。

ある日、ご主人様が固まってしまった。
ピクリともしない。
ソファーから静かに降ろされた。
おや？　鍵が開いて、ボクも外に出されたぞ。
何が起きるんだ？　何だか一瞬、懐かしい匂いがした。
ボクは、温かなお湯に浸かって、体を拭いてもらっている。
なんて、気持ちいいんだ。
前に、水浴びをしたことはあったけれど、こんな幸せな気持ちは、生まれて初めてだ。
ご主人様も、こざっぱりとした衣装に、お召し替えしたみたいだ。
もしかしたら、これって？
ご主人様も、このボクも既に……？
何だか、体が軽い。

ボクは自由だ！
どこへでも飛んでいける。
永遠の命を手に入れたんだ。
そうだ！
今日は、ボクの生まれ変わった記念日なんだ！

「甘酸っぱい青春」

もう、四半世紀以上も前のことだ……。
倫子はふと、窓の外を目で追った。
懐かしさと甘酸っぱさと、ホロ苦さ。
私は、青春していたのだろうか……。
都内の私立大学に通っていた倫子は、人の視線が気になって……。
いつも何かに怯えて……。
分厚いだてメガネを掛けて、本をバッグに忍ばせていた。
およそ、恋なんて遠い世界の絵空事。
ただ、ひたすら真面目に授業に出て、良い子を演じていた。
いや、そんな風に育てられたのだ。
平凡な家庭の、平凡な子供として……。

大学二年の春、倫子はキャンパスの特設売り場で、教科書販売のアルバイトをした。

たった二週間だったけれど、倫子にとって生涯忘れられない出会いがあった。

バイト仲間のヒロシと智也。

学校は違っていたが、二人共、四年生のお兄さん。

いつも三人でおしゃべりして、安い居酒屋で酒飲んで……。

「やっぱり、焼き鳥は塩に限るネ……」

ヒロシはご満悦の体《てい》で、ビールを流し込んでいる。

「そうかな……。僕はタレが好きだナ……」

おとなしい智也も、今日は機嫌がいい。

「倫子さん、そのメガネ、度が入っているの？」

「ううん……。何だか、素の自分になるのが恥ずかしくて……。メガネ掛けていると、落ち着くんだ……」

「そう……。メガネ外すと、案外色っぽい、と思うよ……」

ヒロシはおどけて、倫子のメガネをひょいと外して、自分の頭の上に載せてしまった。
「ホーラ、言った通りでしょ！　倫子さん、すっごい素敵だナ……」
「ヒロシ、悪ふざけは止めろよ！」
珍しく、智也が語気を荒らげた。
いつも、こんな調子。
面白くて、おどけ者のヒロシと、無口だけれど、温かい背中の智也。
私は、一年生の時は、一応真面目に授業に出たけれど、彼氏も友達もできなかった。
何だか、二人といると楽しい。
こんな時間が、このままずっと続くといいのに……。
次第に倫子は、ヒロシに惹かれていった。
面白いけれど、どこか神経質そうで、痩せっぽちで、Ｇパンがよく似合っていた。
いつか、告白しよう！
今だ、今だ……。
もう、時間がない……。

倫子の気持ちはそれとなく分かっていたが、智也は、倫子のことが好きだった。

素直で、飾らない性格の倫子が、堪らなくいとおしかった。

ただ、智也は何も言えなかった。


バイトも終わろうとしていたある日、倫子はヒロシに告白しようと、倫子なりに精一杯の行動に出た。

「ヒロシ、好きな人いるの……?」

ヒロシには、婚約者がいた。

「俺サ……。大学卒業したら、結婚しようと思ってサ……」

バイトが終わったら、彼女のご両親に挨拶に行くという。

倫子は、勝手に恋して、勝手に失恋してしまった。

まさに、独り相撲を取っていただけ……。

ピエロもいいところだ……。

バイトも終わり、倫子と智也は、盛岡に向かうヒロシとフィアンセを、上野駅まで見送りに行った。

ヒロシと同じように、彼女は華奢な体をして、花柄のワンピースを着ていた。

気心の知れた三人と、見知らぬ女性。

四人で歩いて、一緒に時間を共有していることが不思議だった。

彼女のご両親に会いに行く、という緊張感からか、今日のヒロシは、どこか毅然としていた。

ヒロシの違う一面を垣間見たようで、若くして結婚する、という二人の覚悟が感じられた。

電車のドアが閉まる時、私は二人に、オメデトウって、ちゃんと言えたのだろうか……。

帰り道、智也は何も言わなかった。

倫子は、智也がいつも自分を見守っていてくれたことに、初めて気付いた。
ただずっと、二人で黙って歩き続けた。
本当は、智也みたいな人が、男らしい人なのかもしれない。
倫子は、そんな智也に寄り添うことなど、できないでいた。
自分は、そんな尻軽女じゃない……。
その日、倫子とヒロシと智也は、それぞれ別々の道を歩き始めた。

あれから時が立ち、倫子はメガネを外し、スーツ姿で颯爽と街を歩いている。
倫子は変わった。
相変わらず一人だけれど、日本語学校の教師として、やりがいを感じている。
私たちは、青春していたんだ……。

もうすぐ三人は、五十代を迎えようとしている……。
二人は、どうしているのだろう……。

もう一度、会ってみたい。
いつも立ち寄った、あの居酒屋で……。
今の私を見てほしい……。

「美咲、十六歳」

「アー・エー・イー♪」

「あっ、始まった、始まった」

私、美咲。十六歳。

母の発声練習を毎朝、何百、何千回と聴いてきたことか。

母、倫代はボイストレーナーとして、私と弟を育てている。

カルチャーセンターの講師として。生徒さんの自宅や、我が家で教えることもある。

町内や、地方のテレビ局の、カラオケ大会の審査員を務めたり、自分でもたまに、ショッピングモールのイベントやクラブなどで、歌手としての活動も行っている。

母はクラシックから童謡まで、何でもこなせるらしい。

正式に音楽大学を出ているわけではないが、昔、アイドル歌手として、デビュー寸前までいったが、何らかの事情でデビューできなかった、と祖父から聞いたことがある。

二十代の終わりに、自費で一枚、ＣＤを出したが、全く売れなかったらしい。

それから母は、どんな暮らしをしてきたのだろう。

私と弟のお父さんとは、どのようにして出会って、どうして今は、シングルマザーなのだろう。

母が底抜けに明るくて、敢えて聞くこともなく過ごしてきた。

母はどちらかというと、ハスキーな声で、美咲が小さい頃、お風呂の中で歌ってくれた曲は、とても耳に心地良かった。


美咲には父の記憶がない。

幼い頃、背の高い、ガッチリした体格の男の人が、大きな紙袋を抱え、家に来たことがある。

おもちゃや動物のぬいぐるみが、袋にあふれんばかりに入っていた。

「もしかしたら、あの人がお父さんだったのかナ……？」

何か話をしたのかは記憶にないし、顔も覚えていない。

その人を見たのは、一度だけだった。


祖父母は美咲が小学生の頃、六十代で、二人とも心臓の病気で亡くなってしまった。

それまで祖父母とは同居だったたし、四つ下の弟、拓也がとてもお調子者で、いつも一緒に遊んでいたので、父のいない寂しさを感じることはなかった。

それから母は家族を守るため、必死に働いている。

高校生になった美咲は、これから母を支えて、弟の面倒を見なくては、と少し気持ちが引き締まる思いだった。

「おじいちゃん、おばあちゃんも元気だったら、七十歳を迎えられたのにナ……」

祖父母は団塊の世代。

母は団塊ジュニアと呼ばれているらしい。

両方共、ベビーブームと呼ばれている時に生まれていて、すごく人数が多い世代だ。

「私の世代は何て言うのかナ……？」

これからは少子高齢化、認知症の人たちの増加、年金問題など、美咲の周りには、明るい話題が聞こえてこない。

美咲のクラスでも、今から貯蓄に励んでいる友達が、大勢いる。

祖父母には本当に、可愛がってもらった。

特に祖父は幼い美咲を膝の上に載せて、いつも昭和歌謡なるものを歌ってくれた。

何か、今時の歌と違って、ついていけないところもあるけれど、どことなく味がある。

多分、祖父の声が母と同じにハスキーなので、美咲は懐かしさや、哀愁を覚えるのかもしれない。

「おじいちゃんの頃のカラオケは、ロボットの機械みたいな、大きな装置だったんだヨ」

祖父はいつも、スナックという所で歌っていたらしく、お店の女の人にモテた、と何度も嬉しそうに自慢していた。

そういえば、我が家には未だにラジカセなるものがあるし、カセットもたくさんある。

昔の携帯も、随分大きかったらしいし……。

「御三家？　学校の順位付けみたいだナ。そういえば、新御三家もいるし……」

「演歌？　歌謡曲？　なんだか昔の人って、すごい濃い恋愛をしていたんだナ。でも、とてもロマンティックな感じもするし……」

美咲が歌が好きなのは、祖父母と母と、三世代にわたって受け継がれている、DNAによるものだと思っている。

美咲もどちらかというと、今時の、英語の歌詞が入った、アップテンポな曲より、昭和歌謡の方が落ち着いて聴けるが、大人びた歌詞には正直、人生経験が少なくて、ついていけない面もある。

母にきちんと、ボイストレーニングをしてもらいたい、と思ったこともあったが、母曰《いわ》く、自分の子供には私情が入るので、うまく教えられないから駄目だ、とのことだった。

それより今は、自分の可能性を信じて、いろいろなことに挑戦して、経験を積んで、広い視野を持った方が良い、といつも背中を押してくれている。

美咲は好きなことを仕事にしている母を、つくづく羨ましい、と思っていたが、母に言わせると、どんな職業でも、人に教える、ということはそれなりに大変だし、声の調子を一年中保つには、ものすごい努力が必要らしい。

美咲自身はそれほど強く、プロの歌手になりたいわけではない。

どちらかというと、内向的な性格なので、テレビカメラが回っている所で歌うなんて無理かナ、と思っているが、それでも音楽に関わる仕事がしてみたい。作詞、作曲の勉強もしてみたい。大勢の人の前で歌ってみたい。

学校では休み時間に、好きな歌手や俳優の話題で、盛り上がることも多いのだが……。

そしてもう一つ。福祉などの高齢者のためになる仕事にも、興味がある。

恥ずかしがり屋だけれど、みんなを笑わせるのが好きだから、お笑い芸人もおもしろそうだ。

ただ、今は高校生活を満喫して、母の言う通り、自分の可能性を信じて、いろいろなことにチャレンジしてみたい。
二、三年前、美咲はテレビの番組で、どこかの外国の話として、認知症の人たちが入居する施設で、一つの街を作り、その中で認知症の人たちが仲良く暮らしている、という試みを見たことがある。
はっきりと覚えていないが、確か、街全体の四方を高い壁で囲って、症状の進んだ人が、いくら徘徊しても、その街から出られないようになっていた。

決して行方不明になることはなく、必ずどこかで、スタッフに発見される仕組みになっているのだ。

もちろん、病院や郵便局、コンビニなど、生活していく上で必要なものは、完備されている。

認知症の症状が進んで、さまざまな能力が失われていっても、少しでも快適に、最後まで人間としての尊厳を保てるように生活していく、という理念のようなものが感じられ、素晴らしい取り組みだと思った。

美咲は宇宙と同じくらい、壮大なスケールを感じて、興奮してしまった。

「日本でも、同じことができるのかナ……？」

「そんな広大な土地が、確保できるのかナ……？」

「優秀なスタッフは、集まるのだろうか……？」

「スタッフ同士の連携は、スムーズにいくのだろうか……？」

もし、一つのビルの中で、あの時見た街と、同じような機能が整ったら、どんなに素晴らしいことだろう、と美咲は思った。

十代の美咲には、経営者としての能力も才能もまだないが、何かを始めるきっかけが欲しい。

「これから勉強しなければいけないことが、山盛りだナ！」

美咲は毎日、ボーっとして暮らしていては駄目だ、と深く心に刻んだ。

美咲が、高齢者に関わる仕事をしたい、と思ったのは、ある老夫婦との出会いだった。

三、四年前から、近所のスーパーの入り口にあるベンチに、夫婦と見られるお年寄り二人が、仲良く腰掛けているのを、何度も見たことがある。
二人とも、八十代くらいの高齢者だった。

おばあちゃんの方は小太りで、いつもニコニコしていて、おじいちゃんは痩せていた。

二人と話をしたことはなかったが、何となく、微笑ましい感じがした。

ここ二年くらいは、おばあちゃんの顔を見ることはなかったが、おじいちゃんは時々、買い物に来ていた。

ちょうど、一年前の春頃、美咲がベンチに座って、ソフトクリームを食べていたら、あのおじいちゃんが横に座ってきた。

何やら、すごく疲れた表情をしている。手には、買い物をしてきたばかりのスーパーの袋が、二つ提《さ》げられていた。

「こんにちは」

美咲は、自然と挨拶していた。

「あー、お嬢さん、おいしそうに食べているね……」

「今日はお一人ですか？」

「家内の具合が、ちょっと悪くてね……」

「あっ、それは心配ですね。おじいさん、何だか具合悪そうですよ。よかったら荷物、家まで持って行きますから」

「ありがとう。私にはこうした、一人の時間も必要なんだ。ちょっとかったるいから、若い人と一緒なら、気も紛れるかナ。ここから十分ほどだから、お願いしようかナ」

美咲には、長年連れ添った夫婦は、お互い空気みたいな存在になる、と聞いたことがあるので、おじいちゃんの気持ちが、その時は分からなかった。


おじいちゃんの家は、美咲の家とそう離れていない、閑静な住宅街の一角にあった。古びた一戸建てで、築数十年といった、たたずまいが感じられた。

「それじゃー、私、ここで」

「ちょっと、寄って、お茶でも飲んでいって下さいナ……」

鍵が開き、中に入ると、台所の横の居間らしき所で、おばあちゃんは布団を被り、目をつぶって横になっていた。

二人には一人息子がいるが、結婚して転勤で遠方に住み、あまり帰ってこない、という。

大きな孫もいるが、寄りつかないらしい。

しばらくすると、おばあちゃんは、うっすら目を開けた。

「おばあちゃん！」

美咲は、優しく声を掛けた。

すると突然、おばあちゃんは美咲の顔を覗き込んで、

「お母さーん」

と、大きな声で叫んだ。

美咲には、衝撃的な一言だった。

「私、多分、お孫さんより若いはずだけど……」

「お嬢さん、気にしないでね。おばあちゃんは、今はもう、子供になっているんだか

ら」

おもむろにおじいちゃんは、我が家にもある、ラジカセのボタンを押した。

すると、祖父が聴かせてくれたのと同じ、懐かしい昭和歌謡のメロディーが流れてきた。

それまで無表情だったおばあちゃんの表情が、一瞬明るくなり、なんと、一緒に歌を口ずさみ始めたのだ。

「フーン・フーン・フーン……」

はっきり言葉になっていないが、一生懸命、メロディーを追っている。

「音楽の力ってすごい！」

美咲は感激した。

おじいちゃんは他にも、おばあちゃんに落語を聞かせたり、漫才のビデオなども見せている、という。

笑うことは、免疫力を高めるって聞いたことがある。

どうせ分からないだろう、と馬鹿にした態度を取ったり、きつく叱ったりすることは、症状を悪化させるらしい。

おばあちゃんは要介護認定を受けていて、週二、三回ヘルパーさんにも来てもらうが、ほとんどおじいちゃん一人で、おばあちゃんの面倒を見ている。

いくら夫婦とはいえ、介護生活が毎日続くとなると、大変だナ、と思ってしまう。

今言われている老老介護も、これからは介護する人もされる人も、認知症の高齢者同士、という恐ろしい時代に入った、と聞く。

認知症になる前に、早くに亡くなってしまった祖父母。

どんな人かも分からない父親。

これから年老いていく母。

そして、私の人生。

美咲は何らかの形で、社会貢献ができたら、と漠然と考えている。

その後、スーパーでおじいちゃんを何度か見かけたが、おばあちゃんと、どう接していいか分からず、家に行くことはなかった。

そのうち、おじいちゃんを見かけることもなくなり、美咲はある日、おばあちゃんに自分の歌を聴いてもらいたい衝動に駆り立てられ、おじいちゃんの家を訪ねてみた。既に表札が外され、もうおじいちゃんたちは、そこに住んでいなかった。

ちょうど、隣の家の人が、出かけるところだったので、それとなく聞いてみた。

四ヵ月ほど前におばあちゃんが亡くなり、めっきり弱ってしまったおじいちゃんは、終の棲家として、介護施設に入居したらしい。

美咲は、おじいちゃんには残りの人生を、心穏やかに暮らしてほしい、と願っている。

あまりふれ合う時間はなかったが、二人と出会えたことで、美咲は「老いる」ということを、自分なりに考えるきっかけができた。

美咲はまず、デイサービス施設でボランティアとして、お年寄りとふれ合うことから始めたい、と考えている。

それから、さまざまな芸のできる集団を作って、全国の施設を回ってみたい。

そんな時、思いがけずチャンスがやってきた。

六月中旬の、夕食の時だった。

「美咲、今度隣町の介護施設で、八月に演芸ショーがあるんだけれど、歌ってみない？」

「エッ、私が……？」

美咲は、びっくりしてしまった。

何でも、そこの施設の理事長さんのお嬢さんが、母の生徒さん、ということで、今までも何度か母が施設を訪れて、歌ったことがある、という。

今年は、施設の開業十周年に当たり、かなり大規模な催しを計画している、という。最新の設備が完備され、小さいけれど舞台のスペースもあり、楽器の演奏や、お芝居もできるようになっている。

重度の認知症の人は受け入れず、主に軽い身体介護の必要な人たちが入居しているので、さまざまな催しを、入居者の皆さんは本当に楽しみにしていて、毎回、会は盛況らしい。

今回は、出演者は全て、十代の子供たち限定になっている。

体操、マジック、お笑い、カラオケの構成で進められていく。

弟の拓也は、

「僕はマジックをやるんだ。お姉ちゃん、二人で漫才をやろうヨ」

と、はしゃいでいる。

拓也は最近、マジックに凝っている。

自転車で十分ほどの所に住んでいる、二十歳の大学生の隼人兄さんに、週一回、マジックを教えてもらっている。

大学で、マジックのサークルに入っている人で、とても丁寧に教えてくれる、と拓也は隼人さんを慕っている。

小学生の拓也に対して隼人さんは、マジックの月謝の代わりに月一回、好物のインスタントのイカ焼きソバを、差し入れてくれればいい、と言っているそうで、優しいだけでなく、ユーモアのセンスもある、好青年のようだ。

拓也は、小さい時から手先が器用で、トランプマジックの腕前はかなりのものだ。

お年寄りの前で、今時流行《はや》らない、帽子から小鳥を出すマジックをやるんだ、と早くも鼻息が荒い。

美咲は、漫才を披露する度胸はないので、歌一本に絞ろう、と思っている。

「さて、何を歌おう……？」

「年を取っているから、昔の曲が好きとは限らない、と思うけれど、やっぱり、懐かしいと感じてもらえる歌の方が良いかナ……？」

それから時間が許す限り、美咲はラジカセで、家にあるカセットテープを、片っ端から聴いてみた。

これにしてみようかナ、という候補曲が何曲か見つかった。

拓也の方も、母から参加することが許された。

マジックの他に友達三人で、トリオ漫才のようなものを考えているらしいが、調子がいいので、どうせ、有名お笑い芸人のネタのパクリで押し通すことは、目に見えている。

七月に入り、ショーの正式な日程が、八月の第一日曜日に決まった。

「夏休みに入ったら、追い込みしなくちゃ！」

美咲も拓也も、俄然、練習に熱を帯びてきた。

拓也は準備不足で、漫才はやらず、マジックのみの参加となる。

美咲もやっと、候補の中から、これだ、という一曲を選んだ。

お風呂の中にラジカセを持ち込み、何度も何度も繰り返し、美咲は歌い込んだ。

夏休みに入ったある日、隼人兄さんが拓也の特訓のため、家に来てくれた。

「こんにちは。はじめまして。隼人です。美咲さんのことはいつも、拓也君から聞いていますヨ。今度の演芸ショーはぜひ、頑張って下さいネ！」

初めて隼人さんと会って、美咲は思わず、胸がときめいてしまった。

身長はそれほど高くないのだが、体が引き締まっていて、とても爽やかだ。

「あれ？　私、お年寄りに関心があるんじゃなかったのかナ……？」

ちゃんと、若い隼人さんに反応している自分がおかしくもあり、ほっとしたと同時に、自分自身にエールを送りたくなった。

美咲は思わず、笑みがこぼれてしまった。

さらに嬉しかったのは、無事にショーが終わったら、打ち上げ会と称して、隼人さんが私と拓也に、食事をごちそうしてくれる、と言う。

もちろん、隼人さんは十代ではないから、今回の催しには、参加できないのだが……。


思えば幼い時から、美咲は祖父と弟という、年齢の離れた二人の男性とばかり接してきた。

ずっと共学だったけれど、果たして、自分に「初恋」があったのだろうか、と思うくらい、美咲は男性に対してオクテだった。

クラスメートの中には、カップルもいるし、恋愛経験者が、かなり多いのだ。

美咲は結婚・出産に関しては、まだ考えたことはないが、一生のうち、素敵な恋愛の一つや二つは経験してみたい、と漠然とした憧れを抱いている。

隼人さんに対して芽生えた淡い感情を、「恋」と呼んでいいのかは、分からない。

ただ、これからも会いたい。できれば、二人だけで……。

美咲の中で、妄想が膨らむ。

美咲には大好きな歌や、高齢者に関わる仕事をするために、勉強することがたくさんある。

でも、一人の女性として、等身大の高校生として、青春を謳歌したい。

隼人さんに彼女がいるのか、拓也を使って探りを入れてみたいが、姉の沽券《こけん》に関わるので、そんなことは絶対できないし……。

「とにかく今は、歌うことに集中！　集中！」

美咲は八月の演芸ショーに向けて、神経を集中することを、自分に言い聞かせた。


ショーの一週間前、リハーサルを兼ねて、出演者が、隣町の町内会館に集まった。

総勢、二十名くらいだろうか。年齢のバランスも、ちょうど良いように感じられた。

全員にプログラムが配られ、進行の手順などを確認した。

母が司会を、ショーの進行は、施設のスタッフが担当してくれる。

カラオケは最後になり、歌う順番は、当日教えてくれることになっている。

美咲は歌う曲名を書いて、スタッフに手渡した。

入居者の皆さんも含め、全員で童謡を歌うコーナーもあるので、美咲たちも歌えるよう、母がお手本で歌ってくれたので、緊張していた心が、少し和んだ。

お弁当を食べながら、ワイワイ、ガヤガヤ、皆、よくしゃべっている。自己紹介をしている人もいる。

同じ目的を持つ仲間として、美咲には、他の人たちが眩しく、大人びて見えた。


それから、一週間は、あっという間に過ぎた。

そして、当日の朝。快晴だった。

母は準備のため、早く出かけてしまった。

ショーは、入居者の体調を考慮して、十時にスタートして、一時間以内に終わる予定になっている。

美咲は拓也と共に、九時過ぎに施設に到着した。

普段着で構わない、と言われていたので、二人共、Tシャツとパンツ姿だった。

予定より少し遅れて、十時過ぎに演芸ショーは始まった。

椅子がたくさん並べられていたが、ほとんど満席で、車椅子の人たちの割合もかなり多い。

期待感があるのか、皆さんの中に、何か活気に溢れている様子が見てとれる。

美咲は前の人たちの演技を、楽しんで見る余裕はなく、ひたすら歌詞を頭の中で繰り返していた。

拓也は、生物を扱うのは危険、ということで、小鳥を出すマジックは止めて、他の出し物にしていたが、結構、お年寄りに受けていて、大きな拍手をもらっていた。

お笑いのコーナーも終わり、メインのカラオケの時間がやってきた。

美咲は、三番目に歌うことになっている。

じっと目を瞑《つぶ》り、美咲は歌の世界に入り込もう、としている。

美咲には難しい曲を、選んでしまったのだが……。

一人目、二人目、とスムーズに進行して、美咲の出番がやってきた。

母の聴き馴れた声が、一際大きく響き渡った。

「それでは歌ってもらいましょう。前田美咲さんで、『ここに幸あり』」

美咲は、逸《はや》る心を抑え、小走りで、ステージの中央へ向かっていった。

「さあ、いよいよ、ここから、私の夢の第一歩が始まるんだ！」

あとがき

幼い頃より、本に囲まれ、本に親しんできました。

中学と大学の時、作家になれたら、と漠然と思っていましたが、時は無情に過ぎて行きました。

昨年より、東京作家大学で学ぶ機会を得て、今年二月、横浜での文芸社の出版説明会に参加したことから、本を出してみよう、と一念発起しました。

出版企画部の越前利文さん、編集部の宮田敦是さん始め、スタッフの皆様のご尽力により、一冊の本としてまとめることが出来ました。

厚く御礼申しあげます。

また、情熱を持って、指導して下さる東京作家大学の講師の方々、共に学ぶ仲間達、スタッフの皆様、本当にありがとうございます。

そして、挫《くじ》けそうになる私を、いつも励ましてくれたパートナーの加山庫子さんには、心から感謝しています。

高齢者の女性が何を考えているのか、こずえｗｏｒｌｄ（感性）に、どっぷり浸かっていただけたら、嬉しいです。

本書を手にとって、最後まで読んでいただきまして、ありがとうございました。

また、いつの日か、お目にかかれるように精進して参ります。

これからも「高齢者の星」を目指して、皆様に楽しんでもらえる作品を書けるよう、頑張っていきます。

著者プロフィール

加山 こずえ（かやま こずえ）

1954年（昭和29年）9月6日
神奈川県横浜市生まれ

1977年（昭和52年）
青山学院大学文学部日本文学科卒業

神奈川県横浜市在住

2018年（平成30年）
東京作家大学総合クラス入学

2019年（令和元年）
東京作家大学専門クラス受講中

趣味：カラオケ

空の広さって…… ～加山こずえ作品集～

2019年12月15日　初版第1刷発行

著　者　加山 こずえ
発行者　瓜谷 綱延
発行所　株式会社文芸社
〒160-0022　東京都新宿区新宿1－10－1
電話　03-5369-3060（代表）
03-5369-2299（販売）

印刷所　株式会社フクイン

ISBN978-4-286-21155-8　JASRAC 出 1909083－901